KB120598

나와 같다면

천년의시 0159

나와 같다면

1판 1쇄 펴낸날 2024년 5월 31일
지은이 김중권
펴낸이 이재무
기획위원 김춘식, 유성호, 이형권, 임지연, 차성환, 홍용희
책임편집 박예솔
편집디자인 민성돈, 김지웅, 정영아
펴낸곳 (주)천년의시작
등록번호 제301-2012-033호
등록일자 2006년 1월 10일
주소 (03132) 서울시 종로구 삼일대로32길 36 운현신화타워 502호
전화 02-723-8668
팩스 02-723-8630
블로그 blog.naver.com/poemsijak
이메일 poemsijak@hanmail.net

김중권ⓒ, 2024, printed in Seoul, Korea

ISBN 978-89-6021-767-6
    978-89-6021-105-6 04810(세트)

값 11,000원

나와 같다면

김중권 시집

천년의시작

시인의 말

별들이 쏟아지는
밤
달빛 걸린
산언덕에 오르면
너에게
따
줄
수
있을까
저
별

차 례

시인의 말

제1부

제2부

해 설

제1부

독백

잠깐 얘기 좀 하실래요?
파릇한 향기가 어디서 나는지
깜박거리는 당신 눈가의 미소는
봄 때문인지
아니면 나 때문인지

우리 잠깐 얘기 좀 해요
내 이마의 땀방울이
더위 때문인지
아니면 당신의 심장 소리에 소스라치는
기분 좋은 긴장감 때문인지

잠깐이면 돼요, 잠깐
우리 얘기 좀 해요
숲길을 걸을 때 나는 사각거리는 소리가
숲속에 숨어 있는 새들의
날갯짓 소리인지
아니면 당신과 내 마음이 만나 수런대는 소리인지

비, 성당 그리고……

오늘,
오래된 테잎의 잡음을
소중한 추억처럼 담아
창밖 유리창에 수채화로
뿌리고 있는 너의 마음을
가슴속에 담는 이 시간이
나의 스물네 시간 중 가장 가슴 떨리는 시간이다

어제,
새로 솟아오르는 아파트와 소란한 건물들 사이로 다소곳
하지만 기품이 느껴지는, 아침 햇살에 곧 사라져 버릴 이슬
을 머금고 흐트러짐 없이 견뎌 내고 있는 도시의 무명화처럼
작은 생명을, 마치 모든 삶의 근원처럼 받든 모습과도 같은
성당 안으로 너와 같이 내 마음이 간다

꿈,
기도는 길 잃은 곡선처럼
갈팡질팡하는데
부지런한 햇살이 쏟아질 때 느끼던
성모상의 눈길이

더

부드럽게 구름과

어둠과

가느다란 빗줄기와

내 마음을 아우르며 감싸안는다

비밀

너의 미소에선 장미 향이 난다

여름 개울에 발을 담그고
비밀 하나 풀어
흐르는 물에 띄우는 것

이
물줄기가 끝나는 곳, 그곳에서
네가 볼 수 있다면
두근거리는 내 마음속에
네가 있다는 걸
알게 되겠지

비밀 2

하얀 구름에 네 이름 썼다가
놀라서 지우는 일

하루에도 몇 번씩
비가 내리면
너의 이름 썼다가 지우는
나의 그리움이라는 걸
네가 알아주길
바라는 일

너에겐 비밀

그리움

비를 피한 처마 밑으로
참새 한 마리

작은 몸짓으로 젖은 깃을 털면
반갑게 인사하는 바람이
남겨 놓는
그리움

받쳐 든 손바닥에
떨어지는 빗방울, 그리고
손가락 사이로 도망치는
그리움

튕기는 빗방울 끝에
피어나는 아련함

그리움으로 떨어지는 비를 맞으면
차갑게 식어 있는 가슴에
따뜻한 김이 피어오르고
처마 밑 돌부리 사이에

아련한 꽃 한 송이
참 아름답다

내 마음에,
가진 것 없어 공허한 내 마음에
한 송이 꽃으로 피어나 준
그리움

메마른 내 가슴에
한 송이 꽃으로
피어나 줘서 고맙다
참
고맙다

너의 마법

너의 속삭임은
꽃향기 같아서
나의 귓속에선
온통 벌들의 아우성으로
가득 차

너의 미소는
솜털 같아서
나의 볼에 닿아 떠나지 않는
부드러움에
살포시 눈이 감겨

너의 발걸음은
물방울 같아
조용한 시간 속으로 떨어지는
청명한 소리가
내 발걸음에 맞춰
춤을 추는 것 같아

너의 모습은

마법 같아

현실을

꿈꾸는 무의식으로 만들어

온통 너에게 집중하게 만들어

1월의 마음

빈 마음 한구석
빈 벤치에
눈이 내린다

해가 바뀐 첫날
또
눈
어제 쌓였던 눈 위에
또
내린다

볼에 닿자마자 녹아 흐르는
눈
눈물인가?
바람이 살며시 곁눈질로 간지럽히면
금세라도 왈칵 쏟아질 것 같은
눈망울을
입김 속에 감추고
나를 등지며 들썩이는
너의 어깨

>
오늘 하루
참 힘들게 보냈구나
많이 보고 싶어 참았던
그리움이
흩날리는 눈 속에서 헤매다
와락 내 품에 안기는
넌
참 여린 마음이구나

참 사랑스러운 사람이구나
너

인연

닦이지 않는 먼지처럼 쌓인
시간을 꺼낸다
빛바랜 새벽하늘을 보며

학교 담벼락에 기댄
허름한 집, 방구석에
내 젊음을 가두어 놓고
시름시름 앓던 내 삶에
환한 빛으로 와 준 너
무너진 산등성이를 오르는 것처럼
고단한 한숨이 잠들지 못하고
어두운 하늘을 배회할 때
다정한 손길로 다가와 준 너
그래서
꿈처럼 달콤한 하루하루를
선물처럼 포장해 준 너
그 마음을,
책 사이에 넣어 둔 고운 나뭇잎처럼
내 마음속에 소중하게 넣어 두었던
너의 이쁜 마음을 꺼내 본다

아직 이슬이 머금고 있는

새벽하늘을 보며

새해

새해가 우리 앞에서 머뭇거리며
수줍게 홍조를 띠는 1월
우리는
우리만의 시간 속에서
여행 중이었지
기차를 탔어
맑고 투명한 차창 밖으로
차갑고 밝은 빛이 쉴 새 없이 지나가고
바람이 가져온 듯
구름은
너의 두 눈에 가득 차 따라왔지
네 눈 속에 가득한 구름 사이에서
내가 웃고 있고
난 그게 좋아 웃음을 멈출 수가
없었어

새해가 시작되는 1월에는
그날이 늘 떠오를 것 같아
우리의 행복한 미소와
달콤한 대화, 그리고

햇살 가득한 기차를 타고
우리 둘만의 시간 속에서 여행하던
그날이

우리의 시선은 우리에게만 있고
다른 사람들의 시선은 다른 곳에 있어
우린 사랑의 표현을
맘대로 할 수 있어서 좋았어
끝없을 것 같은 시간은
온통 우리의 것이었어
그래서 착각이 들었지
다른 세상
다른 시간이
우리가 만든 풍경 속에서
우리를 위한 음악을 연주하는 것은 아닐까
하는

새해가 머뭇거리는 1월에는
홍조 띤 너의 얼굴이 생각날 것 같아

>
세상은 온통 우리 것이었어
차가운 바람의 물결도
따스한 햇살의 숨소리도
구름의 소곤거림에
귀를 쫑긋 세우던 하늘도
나무
풀잎조차도

친구 혹은 연인

가슴이 아팠어
너의 축 처진 어깨와
촉촉한 눈가를 보며
혹
너에게 들킬까 봐 크게 웃었어

'얘 미쳤나 봐'

맘에 없는 말 너에게 던지고
밤새 울었어

새벽 3시 너의 집 앞

너의 방
불이 꺼졌어
잘자 갈게

사랑

사랑이다

널브러진 마음을 하나하나 주우며
퍼즐을 완성하고 있는
시간의 무게가 내 마음을 억누를 때
감정의 실타래를 풀며
꿈처럼 피어나는 그것은
사랑이다

누가 흘린 피로
이 거리가 붉게 물들었는지
하얀 눈 위에 얼룩진 눈물은
누구의 가슴앓인지
알 수가 없다

알 수가 없다
잃어버린 시간의 조각을 맞추려는
차가운 시선
깨질 듯 들이닥치는 눈보라의 아슬함
입술이 얼고

눈이 시리고
희미한 기억은 고통 속에 멈춰
무엇인가를 찾는다

장난 같은,
정지된 시간이 잘못된 퍼즐을
헝클어트리고
방황하는 내 시선은 금세 흐려진다

사랑이다
아프게 해서
아픈
내
사랑이다

오묘함

넌 내게
심장이다
온몸에 너의 심장 소리가
산다

음악이 흐르는 창밖에 내리는
첫눈

유리창에 온 세상의 빛을 안고 내려앉는
눈송이

그리고
나의 콧노래

넌 내게
삶이다

투명한 창밖에 그려지는
새들의 지저귐

\>
창문을 열면 금세라도 들어올 것 같은
뭉게구름

그리고
나의 미소

이런 사람

무더위에 지친 머릿결을
쓸어 주는 사람
나에겐
이런 사람이 있습니다

잠이 오지 않는 밤
아름다운 호숫가에
별똥별이 떨어져
아름다운 공주가 되었다는 동화를 들려주며
잠들게 해 주는 사람
나에겐
이런 사람이 있습니다

가을 어귀에서 서성이는
나에게
이슬 맺힌 미소로 갈 길을
알려 주는 사람
나에겐
이런 사람이 있습니다

\>

나에게 없으면 안 되는 그런 사람

그런 사람이

내 옆에 있습니다

그대에게 가는 길

—겨울

바람이 고개를 떨구던
낡은 벤치 위에
비둘기 한 마리 눈물을 쪼아 먹고 있고
양지바른 담벼락에 기대선 눈 위에
봄의 기운을 닮은 햇살을 뿌리고 있습니다

종일 내린 눈이
나뭇가지마다 눈꽃을 피워 내고
작은 숨소리에도 떨구는 꽃가루의
시선 속으로
부서지는 햇살의 눈부심

길은
발아래 하얀 시간을 나에게 주고
난
그림자의 발자국을 남기며
그대에게 갑니다

고개를 숙이면
하얀빛들이 녹는 소리가

작은 물줄기를 만들어
내 몸속을 흐르고
추위를 견뎌 내는 바람이 뿜어내는
하얀 입김을 헤치며 나섰던 길

그 길에 뿌려진 그리운 시간을
조급하게 주워 담으며
추위에 언 바람과 햇살 사이를
가로지르며 그대에게 갑니다

시간의 무게는 시린 걸음을 더디게 하고
날카롭게 부서지는 바람 소리는
눈을 못 뜨게 하지만
뛰는 심장 소리엔 그대의 속삭임이 있어
발을 재촉하게 합니다
찰나의 시간이란 내 삶의 한 조각을
굶주린 새의 부리 아래 내어놓고
부드러운 소리가 들려주는 동화의
해피 엔딩만 생각합니다, 오늘
그대에게 가는 길에

그대에게 가는 길

―여름

1
들릴 듯 말 듯
콧노래를 부르며
열기가 식지 않은 거리에
가시지 않은 열병처럼
뜨거운 그리움을 펼치고 있습니다
태양은 바쁜 내 발걸음을
성난 표정으로 쏘아보고
땀이 흐르는 마음은
식지 않는 그리움으로 더 뜨겁습니다
실바람에 흔들리는 그늘의 그림자가
땀에 젖은 채 내게서 벗어나면
태양에 내 젖은 마음을 말리고
지친 열기가 줄지어 선 하루의 가장자리를
위태로이 걷습니다
한 뼘 하늘을
그리움으로 간직한 채

2
내 시간을 사선으로 날아가는 참새의

부드러운 날갯짓에
태양이 갈라지고
구름은 황급히 검은 바람을 두르며
하늘을 가립니다
벌써 여러 날
가뭄에 말라 갈라진 마음에
단비가 내리려나 봅니다

3
소나기의 굵은 빗줄기는 바람에 흔들리고
새들은 나뭇잎 아래로 몸을 피하는데
더위는 여전히 이마를
                    마음을
붙잡고
그리움은 내리는 빗줄기보다 더 간절하게
내 가슴을 찌릅니다

4
비 때문일까
그대가 생각나는 건

바람 때문일까
그대가 그리운 건

그리움이 켜켜이 쌓인 마음에
비가 내리고
나뭇잎들이 춤을 추듯
바람을 흔들고 있습니다, 오늘
그대에게 가는 길에

사랑의 무게

비 내리는 아침
우산을 챙겨 주는 당신의 모습이
비에 젖은 듯합니다
머리끝의
고달픔으로 인한 갈증이
어깨 위에 찰랑거리고
그런 당신의 모습이
왠지 안쓰럽습니다
아직 잠이 덜 깬 시간을
주섬주섬 꺼내 놓고
내 뒤를 봐주는 당신이 아름답습니다
그래서 미안합니다
당신을 사랑해서 미안합니다
내 사랑 안에서
모든 걸 참고 인내하는 당신
그 노력에 그저 미안합니다

내가 그렇게 좋아? 하고
묻는 당신에게
당연하지라고

또 한 번 당신을 내 안에 가두고 마는 내 사랑을,
모자라는 내 사랑을
내 전부라고 큰소리치지만, 그것은
마음뿐인, 당신 희생에 대한
미안함을 감추기 위함입니다

현실을 가득 지게에 지고
걷는 길
그 위를 가로지르는 시간 위로
붉게 물든 노을이 내 발길을 붙잡습니다
그래서
주저앉습니다
그리고 붉은 노을 가득
지게에 담아 돌아옵니다
현실의 무게는 길가에 모두 버려두고

그래도 당신은
늘
그대로입니다
내 어깨 위의 먼지를

털어 주며
날 편안히 반겨 주는 손길에
큰 사랑을 느낍니다
그래서 미안합니다
그 사랑에 감춰져 있는
인내의 노력을 알기에

그리움

길 위에
길가에 뒹구는 비닐 봉투 위로,
몇 개 남지 않은 나뭇잎 위로,
바람이 남겨 놓은 듯 흔들거리는
햇살 위로
눈이 내린다
눈 위에
또
눈 위에

네가 있는 그곳에도 눈이 내리는지
눈을 간지럽히는 가지런한 햇살 위로
눈이 내리는지
전화기를 들었다가 내려놓고
너에게 편지를 쓴다
나무 향이 서성이는 종이 위에

눈부시게 내려오는 햇살들 사이로
눈이 날리고
흔적 없이 사라지는

그리움의 흔적들 사이로
음악이 흐른다
급한 마음에 부러진
연필을 깎는 동안
더 커진 눈송이들이 날리는 창밖을
힐끗거린다
눈부시게 날리는 눈송이들 사이로
네가
환한 웃음으로 올까 봐

가을 산행

바람 소리가 낙엽 사이를 지나
두 개의 바위틈에서 잠들면
부시시 눈을 뜨는
시간
모든 살아 있는 생명이 인사를 하며
햇살을 뿌리면
산꼭대기부터 물들어 오는
가을

북한산 오봉을 뒤에 두고
난 너를 본다

구름 아래 출렁이는 마음을 따라
색색의 물결이 오르는 산비탈의
아슬함에
쭈뼛하는 목덜미의 솜털 위로
제법 차가워진 바람이 살며시
속삭인다

안녕 가을이에요

\>

속삭이는 입김에 놀라

옆을 보니

사랑해

라고

속삭이는 너의 미소가

나를 보고 있다

나와 같다면

눈이 내리는 소리를 들어 볼까

바람 소리를 흘려보내고
지나는 발자국 소리는 내리는 눈 속에 묻고
모여 있는 소리는 각자 집으로 보내면
들릴까

어둠은 서서히 걷히고 가벼운 햇살이
내리는 눈 사이에서 빛날 때
쪼개진 약속이 만난다
반과 반이 만나 하나가 되어
내리는 눈송이의 그리움은
텅 빈 벌판에 소복이 쌓인다
약속은 약속한 사람에게만 투명하게 기억될 뿐
아무도 모른다, 쌓이는 눈 사이에
밤새 다녀간 누군가의 그림자가 아직
서성이고 있다는 걸

들판을 지나는 바람에게 물어볼까, 그럼
바람에 섞인 너의 소식이 잠시, 아주 잠시나마

내 귓가에 머물까

수많은 시간의 연속성 사이 사이에

궁금한 너의 안부를 묻어 둔 그리움이

먼지를 뒤집어쓴 사연들로 눈 위에 쌓일까

두 손은 주머니에 있고

지나온 흔적은 눈에 덮이고

앞서가는 그리움은 눈이 부신데……

어디선가 너도 나와 같을까

봄

햇살을 사이에 두고 마주한
너와 나 사이로 지나는 바람에게선
연한 재스민 향을 내는 심장 소리가 들린다

어제와 다른
그제와 다른
그 어느 날과는 사뭇 다른 향기와
하늘과 바람, 또
내 가슴에서는 지난날과는 다른
심장 소리가 난다
오래된 나무에는 어제는 본 적 없는
새순이
아침 햇살의 살로 튼 둥지 안에서 먹이를 기다리다
부드러운 노랫소리에 달콤한 잠에 빠진다

모든 감각의 단추를 풀고 갈아입은
봄의 외출은
둥지 속의 새싹을 깨우고
걸을 때마다 밟히는 건 들키면 안 되는 내 마음

\>

널 향한 내 마음이 사방에서 수근거린다
쉿!

지나는 바람에 나의 미소가 실린다

오후 2시

북한산 토끼바위 옆엔
사랑이 있다
한낮의 태양이 날카롭게
하얗고 긴 구름을 가르고
가늘게 부서지는 햇살을
한 다발의 눈빛으로
묶은 바람이
너에게 무릎 꿇는 오후 2시
가파른 바위의 아슬함처럼
두근대는 마음으로
너에게 사랑한다 말한다

제2부

정치적인

흔들릴 때마다 떨어져 쌓인 눈이
그림자를 드리울 때
무거운 철문이 열린다

저녁 어스름과 매일 앉아 있던 작은 동네
저수지의 바닥이 드러나고
가뭄이 한숨을 모두 거둬 갈 즈음
훌쩍 떠나 버렸던 네가
비쩍 마른 마음으로
예고 없이 나타나
화려한 미소를 지을 때도
그림자처럼 붙어 있다가
어둠처럼 내려앉던
벽
그리고 문

뉴스는 매일 암울하게 죽어 가고
도시의 골목은 떠돌이 고양이의 암내로
정신이 혼미해져 가고
세상은 경고 문구로 가득하고

혼란한 아우성은 치명타를 입는다

그리고 넌

여전히 벽 안에 널 가두고

귀를 막고 있지만

눈동자는 구원을 기다리는 달빛을 닮아 있다

달빛이 어둠을 뱉어 내고

우리 상처를 치유하는 동안

여전히 닫힌 문은 녹이 슬어 가고

달빛을 밀어내는 이기주의가

서로의 타당성을 토해 내고 있다, 어느 골목에서

어느 달빛에

어느 어둠에

자신의 주름만큼 각혈하는

우리 아버지들의

우리 형제들의

우리 삶의

힘든 노동 위에

눈을 감은 채

귀를 막은 채 토해 내고 있다, 이기심의 정당성을

얼마만큼의 녹이 쌓여야

그림자를 드리울 수 있는지
그래서 열린 문 앞에서
너의 마음과 내 마음이 만나
웃을 수 있는지

안개

안개 자욱한 거리를 지나면
내 마음에도 안개가 가득하다

안개 속을 지날 때
날 닮은 알갱이들이
싹을 틔우기 위해
내 안에 자리를 잡고
안개를 불러들였나 보다

별이 보이는 날
별이 없는 날
혹은,
오늘같이 안개가 자욱한 날
바람은 방관자처럼
땅속에 누워 버리고
딱딱한 땅 위에 쓰러져 버린 깃발
상처 하나 없는 안개는
내 눈을 가리고
네 눈을 가리고
모든 행렬을 가로막고

멈춰 선 거짓 이념

안개 속에 햇살이 들어서면
내 마음속의 씨앗은 꿈틀대며
내 오감을 깨운다

흐린 밤의 산책

어두운 해변을 걸으면
검은 파도 소리가 발목을 적시고
거친 모래알 같은 바람이 귓불을
때리면
묵은 흐느낌 소리가 유성처럼 떨어진다

거친 숨소리가 젖은 발바닥을
자꾸만 빈 허공으로
밀어 올리면

(비가 오려나?)

쏟아지는 어둠이 가면을 쓴 채
축축한 바람 소리를 낸다

보이지 않는 줄에 묶인 채
내 손에 끌려오는 별 하나마저
어둠에 묻히고
위태로운 그림자가
발끝에서 서성인다

진실과 농담 사이에서

오랜 시간을 등지고 나선 길

어느 낯선 시골의 성당
십자가가 보이지 않는 구석 돌부리에
앉아
두고 온 불빛과
시끄러운 음악과
너를 생각해

늘
그늘을 찾는 것이
햇빛만을 피하는 것이 아님을
한 무리의 구름을 없은 너의 눈물에서
알았지

너 알 낳다 죽은 닭 이야기 들어 봤어?

바람에 밀려간 구름 사이로 쏟아지는
햇살에 금이 간
나무 그늘 아래서

갑자기 던진 너의 질문

그 남겨진 알이 나야 그래서 난 영원히 알 속에 갇혀 있어
야 할 것 같아

웃으며 던진 너의 슬픈 이야기에
내
가슴속으로
부서진 햇살과
또
부서진 그늘이
한꺼번에 밀려왔지

몇 년 후 들려온 너의 죽음과
남겨진 유서

내가 알에서 나오려면 엄마를 만나야 할 것 같아

욕심껏 움켜쥔 기도를
성당 귀퉁이에 쏟아 놓고 나서는 나를

네가 따라오는 것 같아

힐끗거리다

내 그림자가 십자가를 지고 있는 것 같아

깜짝 놀라 눈을 감고 도망쳤지

모든 시간이 멈추어 서서 그런 날 지켜보는 것 같아

마치

허물어져 가는 담벼락에 기대어 선

그림자가

바람에도 흔들림 없이

내 인생을 붙들고 있는 것처럼

열풍

웅성거리는 햇살이
만들어 놓은 경계
그 안으로 선뜻 들어서지 못하는
내가
이방인처럼 그들의 말을 엿듣는다

오늘은 우리 동네에 코로나 환자가 많아서 구급차가 도로에
줄지어 서서 지나가는 아이까지 실어 갔대요

그건 약과야 요 옆 동네는 방역 때문에 온 동네를 다 태웠대

난
어둠 속에 웅크리고 앉아
방역복을 입은 사람들이 들이닥칠까 봐
숨을 멈추고
기침을 참는다
열은 내게서 한참을 떨어져
내가 방심하는 틈을 노리고
온몸을 위장한 시간은
호시탐탐 내 뒤를 노리다

실수로 눈을 깜빡인다

사라지는 나의 자아

난

공포로부터 도망친다

방황

뜨거운 태양이 밟고 지나는
사막 같은 얼굴로
쉼 없이 넘보는 시간
세상은 나를 등지고
또
너를 등지고
모든 것이 뒤죽박죽으로 엉켜
실마리 없이 미궁으로 빠져 버린
시간
옭아맬 수 없어
시름시름 앓다가
도피해 버린 곳
사막 같은 얼굴에
땀은 흐르지 않고
주저앉아 버린 나
내 안에
나를 가두었구나

입동

내게 향한 빛이
가늘게 흔들리고
쪼개진 바람과 그 사이를 이으려고
몸을 부수는 가을의 끝이
낙엽이 타고 있는 불꽃의 중심을
바라보고 있다

길을 잃은 새들의 설움이 하늘에서 흩어지고
가파른 사람들의 시선은 가장 높은 곳까지
오르려다
떨어지고
겨울을 걱정하는 날갯짓은 슬프다

지쳐도 멈출 수 없는 시간은
슬픈 눈망울 속에서
시계추처럼 똑딱거리고
거리를 지나는 사람들은 서둘러 귀가한다
벌써 시간은 자정을 넘어서고
어둠은 제각기 추위 속에 자리하고
졸고 있다

항아리

뒤뜰에 놓인 항아리에서
오래된 사람들의 소리가 들리고
거무튀튀한 얼굴을 한
세월이 기어 나왔었다
초가집 뒤뜰에 놓인
오래되고 금이 간 항아리는
비가 오는 봄부터
온통
하얀 눈이 길을 감춘
어린 마음의 끄트머리까지
같이 있어 주었다

일 나갔다 돌아와
뒤뜰의 어둠을 닦아 내시던
어머니 곁을 조용히 지키다
가끔 알 수 없는 소리로
아랫목의 온기를
가져가곤 했다
그래서인지 어머니의 손은
늘

따뜻했다
배앓이를 달래 줄 때도
밖에서 들어온 내 손을 감싸
녹여 줄 때도
뒤뜰에서 가장 먼저 녹아
모습을 드러내는 항아리에서
살며시 피어나는 아지랑이처럼
늘 따뜻했다

.

시

떨어진 낙엽이 내어 준 자리로
햇살이 들어서면
어쩌다 주운 고운 시가
내 입가에서 서성인다

어수선한 골목을 지나
조금만 수고를 하면
탁 트인 옛 성터에 곱게 걸린 구름과
구름을 데려온 바람을 만나
걸어오다 보았던 하늘을 이야기한다

그 많은 사람과 촘촘한 벽들 위로
어찌 그리도 맑게 펼쳐져 있는지
얼마나 많은 그리움이
투명하게
머리 위로 쏟아져
눈물을 고이게 하는지

이율배반

꽉 찬 공간 속에
텅 빈 마음이 앉아 있다

바람맞은 시

하루 종일 폭설로 온 세상은
죽은 듯 조용하다

카페 '눈 내리는 날'이란 간판에
낮인데도 불이 켜져 있다

눈이 내리고 날은 어둡다

결국
인간의 위선으로 가득 찬
편협한 사고의 유희가
우리 삶을 조각내
쌓이는 눈 속에 버려둔다

혼돈에 빠진 언어들은
인간의 감정을 속이고
눈 위에 썼던 시가 검은 언어에 덮인다

오늘은 하루 종일 눈이 내리고
카페에는 한 사람도 오지 않는다

거리의 전시회

커다란 눈
반쯤 잘린 입
웃고 있는지 울고 있는지
햇살이 쏜살같이 머리 위로 떨어진다
삐뚤어진 얼굴이 태양에 물들고
알 수 없는 건
이해하지 못한,
알 수 없는 내 마음의 두께로 인한
그림 속의 사람, 혹은 마음

가슴앓이
알 수 없음에 목마른 절망
그림 속의 눈이 반짝이고
입은 여전히 웃고 있는지 울고 있는지
알 수 없고
무엇을 받아들여야 할지
한낮의 한편을 좀벌레처럼
여름이 갉아먹고 있다

소나기

햇살 한 무리
서성이던 길가에
흙냄새 풍기며 일어서는
어둠

갈 길 먼 바람이
휘휘~~
젖은 풀잎을 흔들고
젖은 시간을 말리는 사이
힘든 어깨까지 묻어 버리는
떨림

일상

옅은 어둠이 소리 없이 창문을 두드리며
밤새 앓았던 피로를 각혈하듯 쏟아 내고
반쯤 눈을 뜬 허공에 그리는
희망
짧은 시간, 긴 상념
적응하지 못한 마음은 기지개를 켜고
구겨진 바지에 가지런히 편
몸을 넣고 나서는 일상

잠이 덜 깬 꿈이 몸서리치고
추위에 지친 새벽바람이
목덜미를 파고든다
보풀처럼 일어선 미련을 뒤로하고
피로에서 벗어나는 시간
주머니 속의 손은 아려 오고
등줄기를 배회하는 온기는
나의 마음을 토닥이며
하루를 열어 준다, 이렇게
또 하루가 시작된다

호명산 가는 길

—경기도 가평

태풍이 지나간 길 따라
냇물이 흐르고
난 그 길을 걷는다

내 옆을 흘러가는 개울을 따라
너와 같이 걷다 보면
이름 모를 꽃과 눈인사를 하고
어두운 시간과 만났던
비에 젖은 낡은 벤치에
살며시 우리의 사랑을 남긴다

머리 위로 하늘을 가린 나뭇가지가
가끔 내어 주는 하늘의 미소를
너의 손에 쥐여 주고
나의 가슴은
감미로운 너의 향기를
흠뻑 들이마신다

모든 것이 아름다운 시간이다

\>

옆에서 흐르는 냇물이
우리의 갈 길을 알려 주고
흔들리는 나뭇가지의 사각거리는 소리는
우리의 대화에 끼어들어
사랑을 훔쳐 달아난다

모든 것이 꿈같은 시간이다

해 질 무렵
밝음과 어둠이 서로 눈치 보며
우리 뒤를 따르고
바람결에 속삭이는 소리가
마치
우리의 심장 소리 같다
모든 것이 멈춰 버린 시간 속에
마주한
우리의 심장 소리

어둠

어둠다
태양은 어둠을 가득 안고
대지는 흠뻑 젖어 들고
나는
나약함을 핑계로
떨어지는 어둠을 무의식적으로
받아먹는다
길가에 흐르는 검은 빗물을
밟고 서서

빗물이 고이는 건
무인도의 삶을 희망하는
행렬의 연장선
구부러지는 옅은 빛들은
유배된 나의 감정

피해 든 계단의 굴곡 속에
웅크린 어둠이 뱉어 내는
연속성의 인내는 나에게
하나의 삶의 형태를 주고, 나는

슬픔을 삼켰다, 어둠 속에서
행여 누가 볼까 봐

겨울 시선

집을 나선다
켜졌다 꺼지는 기억들
낯선 시간이
낯익은 거리를 동행하며
냉랭한 시선들을 외면한다

시선들은
지극히 자기중심적인 동력으로
고요의 시간을
잘게 부수어 상처 난 아픔 속에
살얼음처럼 뿌리고
아무 일 없던 것처럼 휘파람을 분다

새벽 어스름
뿌연 하늘은 검은 눈물을
하얗게 뿌리고
각각의 시선 위에 머무는 경계는
날카로운 표정을 한 그림자처럼
(실체와 빛이 동일한)
내 뒤를 따른다

>
비켜설 수 없음을 용기라 칭하고
소리 없는 고함을 지르는 상처들이
어깨 위에서 신음을 하며
새벽을 깨운다

고향

툇마루에 앉은 먼지에선
고향 냄새가 났다
바람이 쉬었다 간 자리에
빗방울이라도 살짝 뿌리면
꽃 모양의 그늘이 처마 밑에 걸리고
굴뚝으로 나온 연기는
빗방울이 되었다

시절

구름이 산골짜기를 내려와
가을비를 뿌리던 날
구멍 난 문풍지 사이로
한숨이 빠져나가고
기력을 잃어 가는 늙은
우리 집 개는
비를 맞으며
하늘을 바라보고 서 있었지

오늘처럼
산등성이에 구름이 걸려
산을 넘어가지 못하고
내 마음을 감싸안고 있는 것처럼

유년

처마 밑으로 떨어지는 빗방울이
묻는다

"비를 좋아하세요?"

지나가는 바람이 대답한다

"좋아하진 않아요"

난 쓸쓸하게 중얼거린다

"하지만 그리워지겠지, 이 비가 그치면
금세 다시 그리워질 거야"

처마 끝 빗방울 사이로
조그맣던 꼬마의 눈망울이 보였다
날 아주 많이 닮아 있는

추억 속의 가을

책 사이에서 꺼내 든
오래된 나뭇잎이
낡아 빠진 시선에
부서지는 소리
그리고
맑은 하늘에서 떨어지는
눈물 한 방울

침묵 속에 흩어지는
기억들 사이에서 잠든
아련한 얼굴들

부스럭거리는
조각난 시간 들의 속삭임에
묻혀 버리는
그리운 이름들

추억 속에 묻혀 버린 시간이
내 기억 속의 먼지를 털어 내며
가을을 맞는다

올바른 길

건널목 신호등이 깜박거린다

폭우가 쏟아질 거라는 예고가
내 앞에서 빠르게 지나가고
깜짝 놀라 뒷걸음치는 내게
서 있던 슬픔이 밟혀
신음하는 소리가
요란스러운 경적 소리보다 더 날카롭다

아직 넘지 못한, 넘고 있는
산기슭이
목마른 낙타의 등보다 더 가파르고
방심하는 감정이 눈물을 흘린다
숨겨진 표정은 송두리째 모습을 드러내고
마르지 않은 감정은 손수건만큼 축축하다
비포장도로
뒹구는 쓸쓸함
축축한 바람
떨어진 날개와 고요

>
오르고 있는 산기슭에
바뀌지 않는 신호등이 서 있고
신호를 지킬 것인지
위반할 것인지
고민하는 내가
양옆을 두리번거리며
서 있다

떠돌이 손님

누군가는
미쳐서 어딘가를 떠돈다고 하고
누군가는
건국 이래 가장 추운 어느 겨울
산속에서 낙엽들을 모아 덮고 자다
얼어 죽었다고 했다

그리고 또 누군가는
호랑이 담배 피우던 시절의 동화를 들려주던
동네의 제일 어른의 곰방대를 빼앗아 도망 다녔던
—히죽거리며 멀쩡한 동네 아이들을 놀렸던,
미쳤다고 놀림받았지만—
이쁜 소녀는
가져간 곰방대를 호랑이에게 주고
호랑이 등을 타고 깊은 산속에 들어가
호랑이 색시가 되었다고 했다

이런 날,
산속의 나무들이
온통 하얀 모습으로 침묵하는

바람 한 점 없는 깊은 겨울
동네를 시끌벅적하게 하던
떠돌이 손님이 더 생각난다

친구

친구를 보내는 새벽 어스름
밝아 오는 햇살에 생명의 끈을 풀며
무거운 이슬방울이
슬픔을 머금은 채
마른기침을 한다
—이 세상의 인연을 파편처럼 흩날리며

친구야
가는 사람과 보내는 사람
서로 마주하여 가볍게 악수나 하자
비록 일찍 가지만
하루하루 열심히 살았고
행복한 흔적을 남겨 놓았기에
남겨 두고 가는 인연과는
—어렵겠지만
다음에 다시 만날 약속이나 하자

뒹구는 낙엽들 사이로 지나는
개미들의 행렬을 따라
국화로 치장한 시간의 틀을 들려

친구를 보낸다

이 쓸쓸한 가을
눈물 나게 부신 햇살 아래
아픈 가슴 한 움큼씩 발밑에 뿌리며
우리에게서 떠난다

옛 추억을 두 손에 꼭 움켜쥐고
허락되지 않는 현실은
목구멍에 가득 가두고
그렇게

나

나의 기억을 빼앗고 있는
시간이
저벅저벅 내 뒤를 따르며
내가 흘린 흔적들을 줍고 있다

나는 어떻게 살아 왔는가

나에게 돌려주지 않을 기억들과
나에게 남겨 놓은 기억들이
고성을 지르고
두 손으로 귀를 막는 나

나는 누구인가

아직 등을 돌리고 있는 마음들은
일정한 간격으로 나를 앞장서고
기억을 흘리지 않으려는 나의 현실은
숨을 가다듬으며 바른 걸음을 걷는다

가는 봄

비 갠 하늘이
길 위에
내려앉았다
난
하늘 위를 걷는다
하늘에
잔물결이 인다
떨어진 꽃잎이
부서지는 햇살 아래
실려
떠나간다

너와 나의 시간들

하늘에 손가락을 댄다
여지없이 부서지는 하늘
눈부신 조각들이 발아래 구른다

비명의 휘청거림
부서진 햇살이 녹아 다시 하늘이 된다

손톱을 길게 기른다
하늘을 더 잘 부수기 위해
그래야 더 잘게 부서진 시간들이
꿈틀대며
내 혈관을 타고 잘 흘러갈 테니

울퉁불퉁한 바람에 걸려 넘어진
내 시선 끝에서
하늘이 부서진다
시선을 돌려 내 손끝을 본다
손가락 끝에 구름이 걸려 있다

손가락 지문 사이에

보이지 않는 벽이 보인다
무너진 하늘을 가두고 있는─그안에
가만히 손을 얹어 너의 숨결을 듣는다
바람 속의 부서진 하늘이 너의 숨결인지
혹은 나의 숨결인지
우린 그걸 알기 위해 만나야 한다
그리고
너의 숨결과 나의 숨결을 담은 구름을 푼다
보이지 않는 벽을 허문다

공원 벤치 위의 노인에 대한 풍경

8월의 뜨거운 태양이 공원에 쏟아지고
녹을 듯한 숨을 머금은 빗방울이
채 마르기 전
낡은 벤치 위에 한 노인이 앉아 졸고 있다
먹이를 찾아 종종걸음으로 땅바닥을 쪼아 대는
참새가
힐끗거리며 노인을 감시하고
지나는 사람들은 무심하다
먼지를 일으키며 한 무리의 바람이 지나고
참새의 놀란 날갯짓에 햇살이 부서진다
하지만
노인은 깊은 잠에 빠져 있다
마른 몸이 일정하게 움직이는 것으로
숨을 고르게 쉬고 있다는 것을 알 수 있을 뿐
오랜 세월을 지나온 흔적일까
가느다란 숨결이 이마의 흰 머리카락처럼
힘없이
노인의 몸을 지탱하고 있다

몇 세기가 지나고

수없이 바뀐 이 땅의 주인들
삶은 바람처럼 지나고
다시 오지 않음을 탓하지는 않는다
지금 그 자리에
또 다른 바람이 불고
또 다른 햇살이 앉고
또 다른 비가 내리고
또 다른 시간이 재깍거리며
바다를 헤매지만
피터팬은 없다

꿈꾸는 시간이 지나면
영원한 시간이 나른한 눈동자 속에
희망의 다른 모습들로 빛날 것이니
가고 오는 심장과
        다른 색깔의 살과
        다른 표정의 눈들을
단단한 뼈처럼 남는 영원의 기억처럼
소중한 인연들로 남겨 놓길

서민의 노래

한적한 길에 쌓인 낙엽을 밟으며
여유를 벗 삼아 걷고 있는 사람아
생각해 보시게
낙엽이 말을 한다면
자신들의 힘겨운 삶을 들려줄 수 있다면
"밟지 마세요, 제발 당신들은 운치 삼아 멋들어지게 우릴
밟으며 즐거워하지만 밟히는 우린 짓이겨져 좋았던 모습을
잃어버린답니다"

멋과 풍류를 즐기는 사람들아
그대들의 모습이 흐뭇하구려
낙엽은 밟아야 제멋이지
부서지는 소리가 가을을 보는 가장 멋진 소리거든
이리저리 구르는 낙엽은 밟아야 제맛이야
어디 가지 못하게
다른 생각 못 하게
바람의 소리에 한눈팔지 못하게
꾹꾹 밟아 주시구려
그렇지 않으면 이 숲이 자기들 때문에
아름답다 생각하겠지

자신들로 인해 계절의 순환이 이루어진다고 생각하겠지
이게 말이 되는가
이 세상의 순환은 그대들의 말과 풍류와 권력에서 나온다
고 의심치 않거든
하지만
낙엽의 말이 슬프진 않은가
왠지 마음이 아프진 않은가

낚시터

매미 소리가 잔잔한 호수 위를 걸으면
누군가 흘린 시간이
늙은 낚싯바늘에 걸려 바둥거린다

그 시간 또한 낡은 바람 소리에
춤을 추는 듯
내 시선 주위를 어슬렁거리고
거둬들인 낚싯대엔 다시 놓아줄,
반복되는 희망만이 덩그러니 매달려 있다

호수 주위를 어슬렁거리는 그림자는
만나기로 약속한 나무 그늘과
어긋난 그리움으로
먼 하늘만 바라보고
가느다란 햇살의 흔적을 지운다
마치 기억을 지우듯

곧게 뻗은 햇살이 미세하게 움직일 때
구부러진 시간을 곧게 펴

물 위에 띄우고

약속한 오늘을 하나씩 지우고 있다

겨울 숲

시간의 흔적을 잔뜩 짊어진
겨울의 숲 사이에 홀로 선
앙상한 나뭇가지 끝엔
얼어붙은 추위가 날을 세우고 있다

수없이 지나간 시간이
갈라진 나무껍질에 엉켜
다녀간 수많은 사람들의 얼굴을 하고
쪼개진 햇살 사이에서
애처롭다

헐벗은 뿌리 주위에는
하얗게 내려앉은 눈을 털며
마른 풀잎들이 일제히 일어서고
말린 햇살을 거둔다

앙상한 나뭇가지가 털어 내는
새들의 울음과
시퍼런 바람이
울창한 숲의 어둠 속까지 기어 들어가

헤쳐진 휴식을 몰고 나오면
나뭇가지에서 부서지는
햇살의 물결에 눈이 부시다

비 내리는 오후

바람이 분다
가느다란 빗줄기로
숲을 만들고
흔들리는 하늘은
구름 속에 감추고
커져 있는 빗소리를
창에 그리며
바람이 분다

빗방울은 고요를 깨우며
창을 때리고
침묵하는 시선
흘러내리는 유리창의 빗방울 속
세상은
고요하다
다만
바람 속에 흘러가는 빗소리를
보고 있다

답답한 옷 단추를 하나 풀고

쫑긋 세운 귀를 창밖에 풀어놓으면
내가 모르는 노래가
내 가슴속에 흐른다
내 가슴속
좁은 감정 사이로
널 데리고 온다
추억을 데리고 온다

여름과 가을 사이

흐릿한 시선 너머로
계절이 바뀌고 있다

계단 구석에 웅크리고 있던
바람이
나무 그늘을 감싸안으면
놀란 눈으로 응시하는
하늘에선 높고 청명한 시간에 붙들린
구름이
내려온다

심호흡하는 내 눈앞에
구름을 밟고 일어서는
내 그림자가 있다
언제 넘어졌을까
기억이 없다
그저 무더웠던 기억만이
끈적거리며 등을 타고 흘러내린다

몇 번째인가

기억에 없는 계절의 연속성에
아리스토텔레스의 속임수가
청중의 감탄을 자아낸다
선과 악의 구분이
바뀌는 계절만큼 모호하다

지금이 여름인가요
가을인가요

숲으로 가자

숲으로 가자

살가운 바람이 길을 만들고
흔들리는 햇살이
길을 비추는
숲으로 가자

새벽이슬을 걷어 내는 햇살이
아직 울창한 숲
나뭇잎들의 소란함 사이로
기지개를 켠다

길게 늘어선 숲의 심장 소리가
죽어 앙상한 나무의 침묵 사이로
길을 내고
그루터기에 앉아 있는
시간들의 숨결 사이를 헤집으며
싹을 틔운다

숲은 깨어난다

숲은 살아 있는 숨결이다
없음에 숨결을 불어넣고
억겁의 시간을 땅속에 쌓으며
딛고 일어서는 약속의 순환이다

깨어 있는 숲에선
바람의 소리가 나의 심장 소리처럼
햇살이 비추는 길을 거닌다
그러다
잠시 쉬는 바람 곁에 앉아
널 생각한다

내
눈 속으로
햇살이 가득 찬다

가을의 산책

길섶의 바람이 발목을 간지럽히는
한낮

잠시 눈치를 보던 햇살은 바람과 함께
나뭇잎 사이로 숨어 버리는
맑은 날

구멍 난 나뭇잎이 위태롭게
가을의 심장을 눈물 나게 꼬집는
붉은 산책길

산책길을 훔쳐보다 들킨
놀란 청설모가
깨어져 흩어진 바람을 주워 모아
부푼 털끝을 씻고 있는
여유로운 휴식

작년과 다른
어제와도 다른,
낙엽처럼 뒹구는 추억의 사이사이에

차가워진 바람이 한바탕 지나면
격정과도 같은 미련이 슬픔을 몰고 와
발치에 쏟아 놓는다

시간은 지날수록 더 많은 감성을
두 눈에 촉촉하게 남겨 놓고
마음엔 더 많은 상처를 새긴다
그래서
알록달록하게 물든 낙엽에 감탄을 연발하다가
발밑에 뒹굴며 찢겨지는 낙엽을 보면
가슴 한편이 시려 오는 걸
막을 수가 없다

낯익은 거리에서 만나는
낯선 시간
내일 또한 오늘과 다른 시간이
가을 숲에서
날 기다리겠지
가을은 더 깊어지겠지

인왕산 자락

하늘을 우러러 한 점 부끄럼 없이
살다 간
시인 윤동주가 동행하는
산책길

허물 벗은 뱀이 인왕산 자락을
지나다 보았던 커다란 바위 뿌리 아래
긴 겨울잠을 준비하는
귀로

무겁게 짊어지고 올라온 근심을
내려놓고
무엇을 버리고 내려갈 것인가를 고민하는
고뇌

바위의 가파른 현기증이
바람을 가로질러 내 가슴에 머무르면
무거운 일상은 한낱 터럭일 뿐
낙엽 하나 가파른 산 중턱에 걸린다

\>

무리 지은 호흡이 가쁜 길을 만들고
턱수염처럼 자라난 한낮의 햇살이
무거운 발등에 화살처럼 꽂히면
날 선 등을 타고 내리는 화
곤두선 신경이 날카로운 돌부리에 걸려
멈추어 서면
화를 삼키는 공기가 맑은 숨을 내뿜는다

들이쉰 가슴속엔
맑은 가을하늘이 들어앉아
머리까지 맑아진다

잃어버린

이상의 나라에서가 아닌 내 이상의 나라에서 살고 싶다던 마르셀 프루스트의 어린 마음속에 다다르는 이 시간

부모의 사랑을 많이 받거나 사랑이 부족하면 생긴다는 천식에 많은 시간을 조여 오는 숨통 속에 욱여넣은 그가 받은 어머니의 사랑은 큰가 작은가—온전한 마음속에서

골목을 뚫고 지나는 차가운 바람 속에 아직 가시지 않은 기침 끓는 소리가 웅크린 채 금이 간 담벼락에 붙어 피었다 말라 버린 눈물의 시선으로 흐른다

터진 둑 사이로
갈라진 구름 사이로
구멍 난 눈과 눈 사이로
흐른다

사랑한 만큼
사랑받은 만큼
하얀 비수의 빛처럼 흐른다
상처는
사랑한 것보다

사랑받은 것보다

더 크게 남는다

내 그림자를 통과하고 남은 것은 연민인가

내가 흘려보낸 시간의 크기는 남아 있는 시간의 고통보다

큰가 작은가

아물어야 하는 상처는 남아 치러야 하는 고통보다 더디 아

물지……

11월 여수의 일몰

산 중턱에 걸린 해와 그늘의 경계
산꼭대기까지 감싸안을 시간의 조바심에
덩달아 급해지는 마음으로 발길을 내주고
같이 붉어지는
눈시울

태양의 메아리가 발치까지
물결로 일 때
사그라드는 불씨의 끝을 붙들고 안절부절못하는,
어린 마음으로 요동치는 얼룩진 심장을 꺼내
살며시 석양의 그늘에 내려놓는다

차가운 바다를 건너던 바람이 흘린 한숨이
잔물결로 일어
산비탈을 오르던 바람을 가두고
턱밑까지 차오르는 물결에 하루를 내주는
태양의 심장과 내 심장이 만나
시계가 멈추고 과거의 시간이 열린다

가쁜 숨을 몰아쉬는 내가

노을의 붉은 심장에 숨을 빼앗긴 나에게
미소를 보내고
살아 있음에 벅차오르는 희열을 애써 삼킬 때
너에게 아름다운 모습으로 가기로 결심한다

먼 훗날
조금 더 늙은 나에게로

지나는 바람에 귓가가 간지럽다

2023년 12월

익산동 좁다란 골목 마른 벽엔
햇살이 길을 잃고 서성거린다

뒤엉킨 시간과 시선들이 마주치는
공간엔
누군가 흘려 놓은 흔적들이 몇 겹으로 접혀
길이 되고
닳아진 구두 뒤축처럼 사라지는 시간들은
가는 줄에 매달린 바람 끝에서
추억으로 걸려 서성인다

사람과 사람들이
시선과 시선들이
지나치고
뒤따르고
엉키는 시간과 시간들이
벽화처럼 멈추어 서서
기억 속에 자리한다
──누군가에게는 잊혀지고 누군가에겐 영원할

>

낮과 밤의 경계가 무너지는 미완의 시간

소란스러운 시간들의 끝은

끝날 줄을 모른다

2023년의 끝 날 그리고……

낮부터 내리던 눈은 하루를 넘겨
새벽을 채우고 있다

낡은 벤치를 덮은 눈
불 밝힌 등불

벤치는 낡아 가고
그 옆에 희미해져 가는 등불

절룩거리는 어둠이 별빛도 없이
지친 하루를
눈 덮인 벤치 위에 던져 놓고
눈을 맞는다

너를 마중하는 길, 교환하듯
그리움을 보낸다
어둠 속에서 오는 널 맞이하기 위해
등을 닦고 낡은 벤치 위의 눈을 치운다

어둠 속에서도 넌

오고

함박눈을 맞으면서도 넌

오고

늘 그러하듯

난

묵묵하게 너의 자리를 마련한다

감상

커튼을 열면
창을 통해 들어온 빛과
여러 날 많은 고통을 인내한 마음을
통과한 빛이 만나 만드는 소용돌이 속에
마음속 찌꺼기를 버린다

흩어지는 비명과 방관자
소란과 고요
한 겹의 감정을 걷어 내면 볼 수 있는
객관성, 하지만
의미를 부여하는 순간 다시 드러나는 주관성

눈빛
감정
동요

손과 손의 거리는 사람과 사람의 감정의
거리만큼
가깝거나 혹은 멀거나
술 취한 사람과 멀쩡한 사람이
좁은 길에서 스쳐 지나는 찰나

태양과 달이 서로 다른 곳
같은 시간 속에서 다른 모습으로
누군가의 시선을 붙잡는다
같은 시간 속에서 서로 다른 시선과
다른 생각으로 노트는 채워지고
연필은 부러지거나 혹은 닳거나

누구도 생각한 적이 없는 감정들은
나와 다른 모습으로 벽에 걸리고
쓰여지고
같은 곳을 바라보는 또 다른 사람들과
서로 엉켜 또 다른 바람을 몰고 와
누군가는 문을 닫고
누군가는 문을 열고
그들의 차이는 몸의 온도, 그리고
녹아드는 정신의 온도 차이
하지만 돌아서는 발길은 시간차를 둔다

지극히~
뭐랄까……

무념

소리 없는 시간 속에 음악은 흐르고
시간은 흐르고
어둠은 조금씩 시선 속에 사물들을 풀고 있지만
아직 볼 수 없는 낯익은 벽과
일정한 간격의 다이아몬드 무늬들이
낯선 검은 공간 안에 갇혀 버렸다

무거운 공기는
내 마음 한구석의
가벼운 자유로움처럼 나약한 것을, 마치
자기 소유처럼 가두고 있고
어쩔 수 없는 두려움에 숨을 참는다

여긴 늘 내가 있던 곳, 혹은
늘 떠나 있던 곳, 그래서
낯설어 두리번거리던, 그러다가
반가움에 미소가 절로 나던, 그것은
늘 콧잔등에서 흘러내리던 에리카의
향기처럼
내 옆에 누운 그림자: 이걸 아는가

어둠 속에서도 그림자가 존재한다는 것을
숨어 있는 그림자는
희미한 기억처럼 늘 잡힐 듯 내 주위에 있다는 것을
그러다
기회가 생기면 놓치지 않고 숙주처럼
내 안에 뿌리내리는 것을

근원

부러진 나뭇가지를 주우며
어릴 적 시골을 생각해

해가 뉘엿뉘엿 넘어가
긴 그림자를 드리울 때
지게를 지고 날 앞서가던
무거운 그림자를 생각해

누군가 흘린 동전은 파란 먼지를 뒤집어쓰고
모습을 감추지만, 어릴 적
반짝이는 쇠붙이 조각을 주워 올리던
까만 손을 생각해, 아주 작은

부러진 나뭇가지를 주우며
깨진 동심과
조각난 꿈과
부서진 고향을 생각해

흩어진 기억의 조각은 찾기 힘들고
몇 개 남은 기억은 꺼내기가 두려워

그래서 빨리 어른이 됐나 봐
나에게 작은 손은 그저 더러운 가난에 불과하니까
어리광은 작은 불만이고 한낮의 햇살은
차가운 밤을 보내야만 하는 온정이니까

부러진 나뭇가지를 주우며
잃어버린 나뭇가지의 뿌리를 생각해

아버지

숲속에 들어서면
사무치게 그리운 이름이 있어
눈을 감고 하늘을 본다,
보이지 않는

좁다란 길을 따라
낙엽이 쌓이고
길섶에 늘어선 이름 모를
풀 줄기 사이로
가늠할 수 없는 세월이
낯익은 얼굴로 발길을 잡는다

희미해져 가는 낯익은 얼굴

흑백의 풍경이 뒤엉키는
나무들 사이로
희미한 색깔의 미소가
입가에 맴돌다 사라지면
애증의 이름이 두 눈가에
서러움으로 맺힌다

온 세상을 품은 사랑의 주체

—김중권 시집 『나와 같다면』에 대하여

김재홍(시인, 문학평론가)

　봄이다. 형형색색 꽃이 피고, 향기의 입자들이 대기를 휘돌아 낮고 낮은 곳으로 향한다. 비가 내리고, 비의 길을 따라 꽃잎이 흘러간다. 봄은 봄이어서 움트게 하고 피어나게 하고 흐르게 하고, 마침내 날아오르게 한다. 봄은 겨울의 반대편에서 우리의 시간 감각을 조율하고, 그것을 통해 단절되지 않는 삶의 연속성을 사유하게 한다.

　그러므로 봄은 겨울과 다르지 않으며, 가을과 여름과 구별되지 않는다. 계절은 쉬지 않는 연속의 시간을 표상하는 하나의 무한이다. 우리는 사계절의 눈부신 순간들과 함께 후회하고 한탄하는가 하면, 기뻐하며 희망을 외치기도 한다. 단한 번의 삶은 이렇듯 무한의 질주 속에서 찰나의 시간을 절박한 자기 존재의 감각으로 일깨운다.

김중권의 시에 유난히 계절적 상징이 돋보이는 것은 그의 내면을 지배하고 있는 시간 감각이 인간 존재의 보편성에 대한 통렬한 자각과 연결돼 있기 때문이다. 그가 보고 듣고 느낀 세계(자연)는 영원히 쉬지 않는 하나의 흐름으로 나타난다. 그 흐름 속에서 '일회적 인간'은 희로애락애오욕을 경험하며, 만나고 헤어진다. 김중권은 시간과 함께 운동하는 세계와 자신을 구별하지 않는다.

　그것은 순명하는 삶이다. 그러나 순명은 절대적 수동성을 의미하지 않는다. 김중권은 세계에 저항하지도 않지만 복종하지도 않는다. 세계와 함께 세계를 살아가는 순명의 삶을 시로 표현해 낼 뿐이다. 그것은 '구성적 자연'이라는 근대적 패러다임을 넘어선 시적 사유이기도 하다. 데스콜라의 비판적 언급과 같이 근대인에게 자연은 "인간이 이해하고 통제하려 하고 그 인간에게 자리가 없는 자율적인 규칙성의 장을 구성하는 영역"(『타자들의 생태학』)이었지만, 이제 그 환상은 이미 사라지고 없다.

　우리 또한 '자연보호'니 '환경보호'니 하며 오만한 지배자의 권위를 자랑하던 때도 있었고, '지속 가능한 발전'이니 뭐니 하며 기능주의적 문명론을 제기하기도 했다. 그러나 이렇게 인위적으로 분리된 세계는 실재하지 않는다. 세계는 언제나 우리와 단절된 적이 없었다. 인간이 구성한 세계는 세계가 아니었다. 이 지점이 김중권의 '순명'이 시사하는 현대적 사유이다.

빈 마음 한구석
빈 벤치에
눈이 내린다

해가 바뀐 첫날
또
눈
어제 쌓였던 눈 위에
또
내린다

볼에 닿자마자 녹아 흐르는
눈
눈물인가?
바람이 살며시 곁눈질로 간지럽히면
금세라도 왈칵 쏟아질 것 같은
눈망울을
입김 속에 감추고
나를 등지며 들썩이는
너의 어깨

오늘 하루
참 힘들게 보냈구나
많이 보고 싶어 참았던

그리움이

흩날리는 눈 속에서 헤매다

와락 내 품에 안기는

넌

참 여린 마음이구나

참 사랑스러운 사람이구나

너

—「1월의 마음」 전문

　"어제 쌓였던 눈 위에" 또 눈이 내리는 풍경이 보여 주는 백색의 이미지와 인간적 정감이 혼융된 가작이다. 췌사를 걸어 낸 간결한 계절의 소묘 위에 '눈(雪)'과 '눈물(淚)'이 구별되지 않는 하나의 현상으로 통섭되는 득의의 표현이 있다. "볼에 닿자마자 녹아 흐르는/ 눈/ 눈물인가?" '눈'과 '눈물'의 언어적 감각은 물론이고, 상황을 표상하는 복합적 심상이 매우 예리하다.

　또한 흩날리는 '눈'과 내 품에 안기는 '너'도 인간과 세계의 연속성을 드러내고 있다. 물론 '너'를 '사람'("참 사랑스러운 사람이구나")으로 해석하는 것도 가능한 일이지만, '눈'("볼에 닿자마자 녹아 흐르는")으로 본다 해서 이 작품이 구현하고 있는 복합적 심상을 거스르지는 않는다. 한겨울 혹독한 추위 속에서 '내리는' 눈발은 '여린' 입김과 같고, '날리는' 눈송이는 '품에 안기는' 너와 같다. '눈'이 내리고 날린다면, '너'는 여리고 안기는 존재이다. 여기서 '눈'과 '너'는 확실히 하나로 연결된다. 바로 이런 중의 · 중층적 구조가 「1월의 마음」의 저류를 형성하는 대단히 감각적인 시적 기율이다.

뒤뜰에 놓인 항아리에서
오래된 사람들의 소리가 들리고
거무튀튀한 얼굴을 한
세월이 기어 나왔었다
초가집 뒤뜰에 놓인
오래되고 금이 간 항아리는
비가 오는 봄부터
온통
하얀 눈이 길을 감춘
어린 마음의 끄트머리까지
같이 있어 주었다

일 나갔다 돌아와
뒤뜰의 어둠을 닦아 내시던
어머니 곁을 조용히 지키다
가끔 알 수 없는 소리로
아랫목의 온기를
가져가곤 했다
그래서인지 어머니의 손은
늘

따뜻했다
배앓이를 달래 줄 때도
밖에서 들어온 내 손을 감싸
녹여 줄 때도
뒤뜰에서 가장 먼저 녹아
모습을 드러내는 항아리에서
살며시 피어나는 아지랑이처럼
늘 따뜻했다

　　　　　　　　　　　　　　―「항아리」 전문

　여기 또 한 편의 '따뜻한' 눈 시편이 있다. "뒤뜰에 놓인 항
아리에서/ 오래된 사람들의 소리가 들리고" 시인은 지금 눈
덮인 항아리를 보면서 자신의 따뜻한 과거를 반추하고 있다.
어머니가 따뜻하고, 어머니의 항아리가 따뜻하다. 어머니는
온기를 들고 어둠에 쌓인 뒤뜰 항아리를 녹였고, 배앓이를 하
는 자식을 데웠다. 또한 항아리는 "비가 오는" 봄부터 "하얀
눈이 길을 감춘" 겨울까지 "어린 마음"과 같이 있어 주었다.
　어머니와 어린 아들은 비록 가난했지만 따뜻했다. 비와 눈
과 항아리와 아랫목 온기를 떠올리는 한 영혼의 기억 속에서
단절되지 않은 세계는 따뜻했다. 이 작품의 연속성은 또 봄에
서 겨울까지 변화하는 시간의 연속으로 나타나기도 하거니와
사람과 사물을 구별하지 않는 본성적 연쇄의 감각으로 드러
나기도 한다. 그런 점에서 '항아리'는 김중권식 현대성의 또
다른 표상이기도 하다.

그러나 이 시의 기본적인 정조는 서글픔이나 설움을 지향하고 있다. 자신의 어린 시절을 기억하는 자아는 이미 나이가 들고 말았다. 그만큼 '어머니'와의 격리 혹은 이별이 통주저음처럼 배면에 내장돼 있다. 따뜻하지만 슬픈 인간의 초상화가 그려진다. 우리는 너나없이 한 생을 떠도는 시간 여행자이기에 「항아리」 속에서 숙성되는 깊고 깊은 회한을 맛보지 않을 수 없다.

> 툇마루에 앉은 먼지에선
> 고향 냄새가 났다
> 바람이 쉬었다 간 자리에
> 빗방울이라도 살짝 뿌리면
> 꽃 모양의 그늘이 처마 밑에 걸리고
> 굴뚝으로 나온 연기는
> 빗방울이 되었다
>
> ─「고향」 전문

자연 서정의 또 다른 절정이 보인다. 시간은 시간대로 순행하고, 공간은 공간대로 부분과 전체의 유기적 연쇄 속에서 한 편의 빼어난 산수화를 그려내고 있다. 툇마루 → 먼지 → 바람 → 빗방울 → 꽃 → 처마 → 굴뚝 → 연기 → 빗방울……. 빈틈없이 꽉 짜인 시공의 밀도가 아득한 기억 속에서도 밝게 빛난다. 그리고 이것은 단방향의 직선이 아니다. 거대한 순환의 고리이다. 「고향」의 시공간은 직선이 아니라 원

이다. 김중권은 '구성적 자연'만 넘어선 것이 아니라 위험천
만한 '직선의 시간관'도 벗어났음을 보여 주고 있다.

그렇다면 이곳은 누구의 고향인가. 툇마루와 굴뚝을 경험
한 모든 이들의 고향이다. 고향 냄새는 어떤 냄새인가. 먼지
의 냄새이자 바람의 냄새이며, 빗방울의 냄새이자 꽃과 처마
와 굴뚝과 연기의 냄새이다. 이렇게 예민한 후각적 심상을 담
은 시편이기에 개인의 차원을 넘어 인간과 자연의 어떤 보편
성을 지향할 수 있었다. 인간은 모두 개별적 존재로 태어나
지만, 결코 모래알 같은 개별자로 살아가지 않는다는 사실을
김중권의 「고향」이 그림처럼 보여 주고 있다.

　　숲속에 들어서면
　　사무치게 그리운 이름이 있어
　　눈을 감고 하늘을 본다,
　　보이지 않는

　　좁다란 길을 따라
　　낙엽이 쌓이고
　　길섶에 늘어선 이름 모를
　　풀 줄기 사이로
　　가늠할 수 없는 세월이
　　낯익은 얼굴로 발길을 잡는다

　　희미해져 가는 낯익은 얼굴

흑백의 풍경이 뒤엉키는

나무들 사이로

희미한 색깔의 미소가

입가에 맴돌다 사라지면

애증의 이름이 두 눈가에

서러움으로 맺힌다

　　　　　　　　　　　　—「아버지」 전문

　갈수록 아버지의 자리가 좁아지고 키가 작아지고 목소리가 약해지고 있다. 언제나 아버지는 아버지로 살고 있지만, 갈수록 아버지에 대한 대접은 인색해지고 있다. 아버지의 의미와 역할에 대한 사회학적인 접근은 무의미하다. 문화인류학적인 해석도 별 무익하다. 「아버지」에 보이는 대로 그것은 감성의 영역이자 모순되지 않는 모순의 비논리적 공간이며, 호와 불호가 뒤섞인 중층·복합적 심상의 세계이기 때문이다.

　이 작품에서도 화자는 아버지를 "애증의 이름"이라고 명명한다. 사랑과 증오의 모순된 감정을 동시에 짊어진 아버지를 떠올리는 화자는 그러나 서럽다. 서러움의 구체적 양상은 짐작할 수 없지만, 유추할 수는 있다. 보고 싶지 않은 '증오의 대상'은 눈을 감아도 보이고("눈을 감고 하늘을 본다"), 예측할 수 없는 순간 보이고("가늠할 수 없는 세월이/ 낯익은 얼굴로 발길을 잡는다"), 풀 줄기 사이로 나무들 사이로 시시각각 보이는 '사랑의 대상'이다. 서러움은 이처럼 모순된 감정 그 자체에서 연원

한다. 끊고 싶어도 끊어지지 않고, 버리고 싶어도 버릴 수 없는 '아버지'가 곧 서러움이다.

화자가 아버지를 애증하고 있다는 사실은 자신도 이제 아버지가 되었음을 시사한다. 언제나 아들은 아버지가 되어서야 아버지를 이해할 수 있는 법이다. 모든 딸이 어머니가 되는 것은 아니지만, 모든 아들이 아버지가 되는 것도 아니다. 그러므로 어머니는 어머니대로 서럽지 않을 수 없고, 아버지 또한 서럽지 않을 수 없다. 이것이 누대에 걸쳐 변치 않는 부모 자식 간의 상속법인지 모른다. 그렇다면 이것 또한 시간 연쇄의 또 다른 법칙이다.

김중권의 시 세계는 이처럼 연속성을 사유한다. 인간과 세계의 연속성 사이로 시간과 공간의 분리되지 않는 연속이 있고, 밀도 높은 시공간의 연쇄 속에서 순환하는 거대한 원이 있다. 그리고 인간과 인간의 연속성 사이로 수없이 반복되어 온 인간사의 비애가 녹아들어 있다. 그것은 "하얀 구름에 네 이름 썼다가/ 놀라서 지우는 일"(「비밀 2」)과 같은 비애이자, "넌 내게/ 심장이다/ 온몸에 너의 심장 소리가/ 산다"(「오묘함」)와 같은 비애이다.

> 너의 속삭임은
> 꽃향기 같아서
> 나의 귓속에선
> 온통 벌들의 아우성으로
> 가득 차

너의 미소는
솜털 같아서
나의 볼에 닿아 떠나지 않는
부드러움에
살포시 눈이 감겨

너의 발걸음은
물방울 같아
조용한 시간 속으로 떨어지는
청명한 소리가
내 발걸음에 맞춰
춤을 추는 것 같아

너의 모습은
마법 같아
현실을
꿈꾸는 무의식으로 만들어
온통 너에게 집중하게 만들어

　　　　　　　　　　　—「너의 마법」 전문

　어쩌면 이 같은 사랑의 시편이 있어 김중권식 '순명'의 현
대적 사유가 더욱 빛을 발하는 것이리라. 4개 연 1~2행을 각
각 '너의 ~은/ ~ 같아서'로 반복하면서 '마법'의 강렬함을 드
러내고 있다. '꽃향기' '솜털' '물방울'을 거쳐 '마법'은 "온통 너

에게 집중하게 만들어" 준다. '너'는 발과 같은 아우성으로, 솜털 같은 부드러움으로, 물방울 같은 청명함으로 나의 의식만 아니라 무의식까지 집중하게 만든다.

'너'는 누구인가. 속삭임과 미소와 발걸음과 그 모든 다양체의 모습으로 나를 묶은 '너'는 누구인가. '너'는 물론 사랑의 대상이지만, 그에 육박해 들어가는 율격과 호흡의 박진감은 이미 '대상'을 넘어 어떤 혼융의 지경에 이르렀음을 보여준다. 여기서 '너'는 대상으로 분리된 타자가 아니라 이미 주체화된 무엇이다. 개별적 존재자들을 하나로 연결하는 도저한 사랑의 연쇄가 이 작품을 김중권의 또 다른 절창으로 만들어 주고 있다.

이밖에도 날카로운 감수성이 빛나는 다양한 표현들이 있다. 가령 "닦이지 않는 먼지처럼 쌓인/ 시간을 꺼낸다"(「인연」), "쌓이는 눈 사이에/ 밤새 다녀간 누군가의 그림자가 아직/ 서성이고 있다는 걸"(「나와 같다면」), "그 남겨진 알이 나야 그래서 난 영원히 알 속에 갇혀 있어야 할 것 같아"(「진실과 농담 사이에서」), "사막 같은 얼굴에/ 땀은 흐르지 않고/ 주저앉아 버린 나/ 내 안에/ 나를 가두었구나"(「방황」)와 같은 시구는 시적 감성이 왜 생물학과는 무관한 것인지를 말해 주는 듯하다.

> 북한산 토끼바위 옆엔
> 사랑이 있다
> 한낮의 태양이 날카롭게
> 하얗고 긴 구름을 가르고

가늘게 부서지는 햇살을

한 다발의 눈빛으로

묶은 바람이

너에게 무릎 꿇는 오후 2시

가파른 바위의 아슬함처럼

두근대는 마음으로

너에게 사랑한다 말한다

　　　　　　　　　　　　　—「오후 2시」 전문

　한 편의 빼어난 사랑 시편으로 불러야 할 이 작품에서도 확인되듯 김중권에게는 감각적 표현력만이 아니라 절박한 사랑의 감성이 있다. 그것은 물론 '저항하지도 않고 복종하지도 않는' 그의 '순명'의 정신에서 유래한 것이며, 동시에 인간과 세계를 분리하지 않는 연속성의 현대적 사유를 실천한 시적 성과이기도 하다. 그렇다면 "북한산 토끼바위 옆"에는 사랑하는 '너'만 아니라 온 세상을 사랑으로 품은 우뚝한 서정적 주체가 오래도록 함께 서 있을 터이다.

천년의시인선